LE PLAISIR

ET

LA VOLUPTÉ,

CONTE ALLEGORIQUE,

Par mde de Puysieux.

A PAPHOS.

M DCC LII.

A MONSIEUR

LE COMTE

DE***.

Il eſt un Dieu que l'on chérit en France,
qu'on croit ſaiſir, & qu'on tient rarement,
mais que chacun connoît en vous voyant.
Le Plaiſir eſt ſon nom, ſon goût eſt l'inconſ-
tance.
Vous de qui Theagêne eſt une foible image,
Et dont à l'envie chaque jour,
La ſageſſe & les ris forment l'aimable Cour,
Près de la Volupté fixez ce Dieu volage,
Faites qu'ils ſoient épris toujours du même
feu,
Ce ſeroit trop pour nous, mais pour vous c'eſt
un jeu.

LE PLAISIR

ET

LA VOLUPTÉ,

CONTE ALLEGORIQUE.

UN jour l'Amour, fatigué du séjour de Paris, & peu satisfait de ses Habitans, s'envola dans ces Campagnes délicieuses que l'opulence & le goût ont pris soin d'embellir. La Nature

A

femble regner dans ce climat pai-
fible; l'Art d'accord avec elle,
ne cherche point à la furpaffer:
content de fervir à l'embelliffe-
ment des Palais & à l'ornement
des Jardins, il y plaît plus qu'il
n'étonne. L'Amour donc, après
avoir parcouru les bords de la
Seine, apperçut de loin une folitude riante, vers laquelle il diri-
gea fon vol. C'étoit le lieu où fe
retiroit Aminte, quand fes va-
peurs lui faifoient quitter Paris.
Il y avoit déja plufieurs jours
qu'elle y étoit venue chercher les
moyens de s'en guérir.

L'Aurore commençoit à faire

place au Soleil, lorsque l'Amour
s'abbattit dans un parterre émail-
lé des plus belles fleurs, qui ne fai-
soient que d'éclore. Un Château
vaste & régulier s'offrit à sa vûe.
Trois degrés regnoient à l'en-
tour; & des portes de glaces pla-
cées au-dessus, donnoient au
Bâtiment l'air d'un Temple.
L'Amour considéroit avec plaisir une demeure si belle; une des
portes s'ouvrit, & il en vit sortir
une femme

   Dans le simple appareil
D'une Beauté qu'on vient d'arracher au sommeil.

L'Amour se cache derriere un

Aij

Oranger pour pouvoir, fans être apperçu, contempler la beauté qui s'offroit à fes yeux : il eut beau la confidérer, il ne la reconnut point. Quoi! dit-il en lui-même, cet objet charmant m'eft échappé jufqu'à ce jour! perçons le cœur de cette belle indifférente. Aminte s'éloignoit cependant; l'Amour curieux de connoître fes penchans, entre dans fon appartement, il parcourt un falon fuperbe & de vaftes cabinets fans rencontrer perfonne. A chaque pas il refpiroit des parfums délicieux, que répandoient des vafes de Jafpe & du Japon garnis d'or. Tous les meubles de ce riche appartement sembloient avoir été placés exprès pour le recevoir. Que je fixerois volontiers ma demeure dans ce Palais ! quel féjour enchanteur ! dit le Dieu de Cythere. Il admire tout ; rien n'échappe à fes regards ; il continue fa recherche, & arrive enfin dans la chambre d'Aminte : le jour n'y pénétroit pas encore ; mais l'Amour qui eft très-clair-voyant, quoi qu'on en dife, apperçut un lit d'où il fembloit que quelqu'un venoit de fortir. Ce Dieu fatigué s'approche , & fe couche dans la place vacante ; mais quel fut fon étonnement de fentir à fes côtés un enfant profondément endormi. Qu'apperçois-je, dit en foupirant l'Amour, après l'avoir confideré attentivement ? il eft plus beau que moi ! il me paroît pourtant excédé de laffitude. Comment, ajouta-t'il, il a auffi des aîles ! mais elles ne font que de naître!

L'Amour contemploit cet aimable enfant fans le reconnoître, quand tout-à-coup le Plaifir s'éveillant , car c'étoit lui, s'écria : Ah mon frere , c'eft vous ! Quoi , reprit l'Amour , le Plaifir fe trouve ici , & je n'ai jamais habité ce féjour ! Ah , que vous avez coûté d'inquétudes à notre mere , depuis que vous avez difparu ! Tout Cythere eft en pleurs. En vain Venus a parcouru la Cour & la ville pour vous rencontrer : pour moi, ennuyé de votre longue abfence, j'ai quitté Paris pour venir vous chercher. Hélas , répondit le Plaifir , que ne fuis-je toujours refté avec vous ! mais puifque nous fommes feuls , écoutez mon hiftoire.

Un jour que notre mere m'avoit grondé , je la quittai , & m'enfuis de Cythere. Je courus long-tems fans me fixer ; enfin apperçevant la maifon de Philis, je projettai d'y établir ma demeure. Elle me vit & me trouva charmant; mais bien-tôt je lui échappai. Philis étoit d'une vertu févere ; elle auroit bien défiré de me conferver , mais elle vouloit que l'on ignorât qu'elle me donnoit un azile chez elle. Cette réferve me chagrina ; peu accoutumé à pareille gêne, je ne tardai pas à m'en laffer, & je me promis bien de changer de retraite à la premiere occafion. Le hafard m'en préfenta bientôt une favorable. Aminte alla rendre vifite à Philis;

elle me trouva près d'elle, & devint en un moment paſſionnée pour moi. Elle me demanda avec inſtance à Philis, qui n'oſant la refuſer, m'accorda à ſa priere. Aminte m'emporta dans ſes bras; & ne m'a pas perdu de vûe depuis ce moment : je ne la quite jamais, & il n'y a que le tems de ſon ſommeil où il me ſoit permis de repoſer. Quelle contrainte ! que je ſuis las de demeurer ici ! ah mon frere, ayez pitié du Plaiſir, Occupez ma place pour quelque-tems, & je retournerai conſoler notre mere.

Amour touché de l'état du

Plaifir & de fa triftesse , confen-
tit à remplir fa place & à pas-
fer pour lui. Ces deux freres
étoient encore enfans pour lors,
& ils fe reffembloient fi fort,
qu'il étoit aifé de fe tromper à
leur air , & de les prendre l'un
pour l'autre. Le Plaifir embraffa tendrement l'Amour , & fe
balançant fur fes aîles , il s'envola du Palais d'Aminte. L'A-
mour refté feul s'endormit ,
n'ayant rien de mieux à faire.

Le retour du Plaifir à Cythere combla de joie tous les habitans de cette Ifle. Il étoit encore dans fon enfance , & Ve-

nus le regardoit avec raiſon comme le plus bèau, mais le moins docile de ſes fils. Dès qu'elle l'apperçut elle le prit dans ſes bras, le careſſa, le gronda, luï reprocha tendrement ſa longue abſence, & les chagrins qu'il lui avoit cauſés. Le Plaiſir raconta à ſa mere la cauſe de ſa fuite, & tout ce qui lui étoit arrivé depuis ſon départ d'auprès d'elle. Pourquoi, mon fils, lui dit-elle, avez-vous ſéjourné ſi long-tems où l'Amour n'étoit pas? Volez toujours, croyez-moi, & ne vous fixez jamais ſans votre frere.

Le Plaisir goûta pour cette fois des leçons si sages, & promit à Venus de fuir à l'avenir quiconque le rechercheroit trop vivement. Après trois jours de repos, il repartit encore pour aller où ses inclinations l'appelloient. Laissons-le parcourir quelque-tems les champs & la Ville, & revenons à l'Amour que nous avons laissé endormi dans le lit d'Aminte.

Il ne fut pas plutôt éveillé, que réfléchissant à son avanture, il se proposa de punir Aminte du mépris qu'elle avoit fait de lui, & de la préférence marquée

qu'elle avoit donnée à son frere. La matinée étoit déja avan-
cée, & personne n'avoit encore paru. L'Amour étoit inquiet,
il craignoit qu'on ne le reconnut à ses aîles : elles étoient grandes, fortes, & de plusieurs couleurs, au lieu que celles du Plaisir étoient petites, foibles, &
toutes blanches. L'Amour n'a
point d'esprit ; mais il est ingé-
nieux. En cas qu'on vint à lui demander raison du changement
de ses aîles, il résolut de feindre
un grand étonnement, & de dire que Venus lui avoit apparu
en songe, & qu'elle lui avoit fait

préfent d'aîles femblables à celles de l'Amour.

Il commençoit à s'impatienter
du filence qui regnoit dans le Palais, quand il entendit quelqu'un
s'approcher doucement ; c'étoit
Eglé une des femmes d'Aminte,
qui venoit voir fi fa Maitreffe
dormoit encore ; & ayant entendu foupirer : Aimable Dieu, dit-
elle à l'Amour qu'elle prenoit
pour le Plaifir, voulez-vous venir
avec moi? Hélas, ma bonne, lui
répondit-il, je me meurs de fa-
tigue! Que veut dire Madame,
continua-elle ? Ne vous laiffera-
elle jamais en paix ? Dormez

donc encore. A ces mots Eglé referma les rideaux & se retira.

Aminte rentra quelques momens après; & le bruit qu'on fit dans son appartement, annonça qu'elle étoit visible. L'Amour se hâta de sortir du lit, & suivit Aminte à sa toilette. Il la trouva entourée de ses femmes. Toutes étoient occupées à la parer; elle seule sembloit ne penser à rien. Ses yeux noirs, grands & passionnés ne marquoient que des desirs, son teint n'étoit point animé; sa bouche étoit petite, mais ses levres ressembloient à une rose fannée qui vient d'être pres-

fée fur le fein. Une douce non-
chalance répandue dans fes
mouvemens donnoit à Aminte
des graces touchantes ; fes bras
confervoient encore l'impreffion
du Plaifir qui venoit de lui échapper. Sa taille étoit légere, fa gor-
ge paroiffoit charmante ; & l'A-
mour ce petit perfide ne craignit
pas de bleffer un fein fi beau.

Quoi donc, dit Aminte à l'A-
mour en le flattant, pourquoi ne
vous ai-je pas vû ce matin ? Je
dormois, lui répondit-il. Ah,
que j'ai fait un fingulier rêve !
J'ai fongé que Venus m'avoit
donné des aîles femblables à cel-

les

les de l'Amour ; que je pourrois
voler comme lui , & que j'aurois
autant de force. Je crois , s'écria
Aminte , que ce songe n'en est
point un : c'est une réalité ; & en
effet vos aîles ne font plus les
mêmes. Qu'elles font belles ,
ajouta-t'elle , en les touchant !
Ha , mon fils , vous allez deve-
nir volage ! Non , lui répondit
l'Amour , vous êtes trop belle ;
vous mettrez toujours des obsta-
cles à mon inconstance , & ne me
laisserez jamais le pouvoir de
changer.

L'Amour en étoit à ce compliment , quand il entra un jeu-

B

ne homme d'une figure aimable, qu'il reconnut pour l'avoir
vû autrefois foumis à fon empire. Aminte lui tendit une main
qu'il baifa avec refpect, en lui
demandant comment elle fe por-
toit. Mais.... je ne fçai, lui ré-
pondit-elle, j'ai de l'humeur
aujourd'hui. Il faudra la diffiper, répondit froidement Lifis en regardant un vafe de Sa-
xe qu'il avoit vû cent fois. Cependant, ajouta-t'il, je viens
vous demander la permiffion
d'aller paffer quelques jours à Paris, pour des affaires de la derniere importance. L'Amour re-

marqua qu'Aminte étoit piquée de la propofition. Vous m'aviez promis, lui dit-elle, de paffer un mois ici avec moi; il n'y a que huit jours que nous y fommes, & vous voulez déja en partir! Il faut avouer que vous faites quelquesfois des demandes bien fottes. J'en conviens, répondit Lifis; mais que voulez-vous que je faffe? Je viens de recevoir dans la minute une Lettre par laquelle on me preffe de me rendre à Paris fans délai. D'honneur j'en fuis anéanti....
Cela fuffit, Monfieur, reprit impatiemment Aminte; vous

pouvez donner ordre que vos équipages ſoient prêts. Vous dînerez ſans doute encore avec moi ; car, ajouta-t'elle, il eſt trop tard pour aller dîner à Paris. Oui, Madame, répondit Liſis foiblement, j'aurai l'honneur de vous tenir compagnie. Dans le moment Aminte achevoit de mettre ſon rouge. Liſis lui donna la main pour paſſer dans le Salon où l'Amour les ſuivit.

A quoi voulez-vous paſſer le tems juſqu'au dîner, lui demanda Liſis ? A raiſonner, répondit Aminte. A raiſonner, reprit Liſis en ſouriant ? Cette occupation

eſt neuve pour une jolie femme.
Mais, ſérieuſement ajouta-t'il,
vous voulez raiſonner ! eh, bien
raiſonnons donc : en diſant ces
mots Liſis s'aſſit ſur une chaiſe à
côté du ſopha où étoit couchée
Aminte. Sçavez-vous bien, dit-
elle, que vous devenez d'une ab-
ſurdité inſoutenable. Il y a des
momens où vous êtes vraiment
perſuadé que vous avez de l'eſprit. Il n'y a qu'une bonne amie
qui puiſſe vous avertir de l'erreur
dans laquelle vous vivez là-deſ-
ſus, & je veux bien vous dire
qu'il n'y a que des gens qui n'ont
pas le ſens commun, qui puiſſent

vous en trouver. Ha, reprit Lisis, je suis certain que vous pensiez différemment hier au soir! Oui, repliqua Aminte, je pouvois n'être pas hier si persuadée de votre peu de solidité; mais en vivant avec les gens, on les pénétre; on développe leurs défauts, on apprend à les connoître. Avouez, dit Lisis, que si je pouvois rester avec vous un mois entier, comme je l'avois projetté, vous ne me trouveriez ni si absurde, ni si dénué de sens commun. Peut-être, reprit Aminte, vous trouverois-je encore plus pitoyable. Car je crois vos ressources aus-

ſi bornées que votre . . . Ha Rei-
ne, n'achevez-pas, interrompit
Liſis en la regardant avec malice, vous me déſeſpérez. Vous
ne vous rappellez pas apparem-
ment qu'il n'y a que quinze jours
que vos bontés pour moi paſſe-
rent mes eſpérances, & qu'on
ne peut pas gliſſer ſi ſubitement
de la paſſion à l'éloignement. Ce
reſſouvenir ne prouve rien en votre faveur, dit Aminte, & le
goût que m'avoit inſpiré votre
figure, n'a rien de commun avec
le peu d'eſprit que vous pouvez
avoir. Il eſt donc inutile, répliqua Liſis, qu'un homme ait de

l'efptit pour vous plaire. Ho,tr ès inutile, répondit Aminte : pourquoi donc me faites vous un reproche d'en manquer, reprit Lifis ? Pourquoi ? dit Aminte ; mais … parce que votre figure commence à ne me plaire plus fi fort.

L'Amour n'avoit jamais été témoin d'une fcéne fi extraordinaire. Accoutumé à ne voir que des Amans qu'il conduifoit, il ne comprenoit pas que deux perfonnes qui s'étoient unies par leur propre choix, puffent en venir à ce point de froideur, & qu'il y eût tant d'aigreur, fans que

que la jaloufie s'en mêlât.

Aminte propofa une partie de Trictrac, changea de place & fe coucha nonchalamment fur fa chaife longue. Elle montra à Lifis & à l'Amour les deux plus belles jambes du monde. L'Amour en fut troublé ; mais Lifis les regarda fans les voir ; il les avoit tant vûes, & avec fi peu de ménagement, qu'il n'y faifoit pas feulement la moindre attention. Après quelques coups de dés, Aminte joua la diftraction. Quoi férieufement, lui dit Lifis, vous voulez jouer? C'eft, je crois, reprit-elle, ce que nous avons de mieux à

C

faire; vous avez des jours où votre conversation est si féche, si insipi- de.... En vérité, répliqua Lisis, malgré tout ce que vous pouvez dire, je ne pense pas vous en soyez mécontente. J'ai tant parlé de- puis que je suis ici, qu'un autre assurément n'auroit pas mieux dit. Voilà, répondit Aminte comme on se flatte toujours ; mais laissons-là le jeu ; il me fait mal à la tête. Lisis posa son cor- net, & Aminte prenant ses nœuds, se recoucha sur sa chaise. Lisis la regardoit avec un sang froid qui glaçoit l'Amour. Il se mit à répéter un air d'opéra avec

une préfence d'efprit admirable.
Pourquoi chantez-vous , lui dé-
manda Aminte ? ne voyez-vous
pas que vous avez aujourd'hui la
voix d'un faux à périr. Ma foi ,
Madame , répondit Lifis , je ne
croyois pas que vous me fiffiez
l'honneur de m'écouter.

L'Amour commençoit à s'a-
mufer de ce tête-à-tête ; il ne per-
doit pas un feul mot d'une converfation fi finguliere, & ne comprenoit pas où tout cela abouti-
roit ; Aminte quittant fes nœuds
fe leva , & fe promena dans fon
falon avec grace. Vous marchez
comme **Pallas** , lui dit Lifis.

Quelle impertinence, répondit Aminte! il va me comparer justement à la plus gauche des Déesses. Une Déesse le peut-elle être, demanda Lisis ? Mais je m'apperçois que mon départ jette sur toute ma personne un ridicule monstrueux : je me trouve pourtant bien flatté de ce dépit. En disant ces mots il lui baisa la main. Voulez-vous passer au Jardin, continua - t'il ? Non, dit Aminte, il fait trop chaud. Que vous plaît-il donc que nous fassions, demanda Lisis ? Rien repliqua Aminte, en se recouchant sur sa duchesse, & fixant Lisis.

Elle sonna, demanda une Bro-
chure qu'elle avoit laissée sur sa
table de nuit ; on la lui apporte ,
& elle se met à lire. Voilà , dit
Aminte en éclatant de rire , le
portrait d'un original qui vous
ressemble trait pour trait ! Lisez
plutôt .... Lisis prit le livre , lût
l'endroit qu'Aminte lui mon-
troit ; & le lui rendant après quelques momens de lecture : vous
avez raison , Madame , lui dit-il
froidement , je m'y reconnois.
N'est-il pas vrai, demanda Aminte , que cette espéce d'homme
étoit bien capable d'ennuyer la
personne la moins portée à la mé-

lancolie ? A qui reffemblois-je il
y a huit jours, reprit Lifis ? Je ne
fçai, dit Aminte, vous avez des
quarts d'heure où vous êtes affez
bien. Aminte commença à con-
jecturer que Lifis avoit eu befoin
de la préfence du Plaifir, pour le
faire refter huit jours avec elle.

On les fervit, & ils dînerent
en filence, avec cet appétit qui
convenoit fi fort à la tranquillité
de leurs cœurs. A l'entremêt ils
parlerent de leurs connoiffances.
Aminte médit de toutes les femmes ; elle les trouva laides ou
bêtes ; & Lifis tira fur les ridicu-
les imperceptibles de fes focié-

tés. Il leur échapa à tous les deux quantité de ces propos qu'on appelle bons mots, & qui ne sont e plus souvent que des équivoques pitoyables ; mais il étoit d'usage dans ces tems-là de courir après l'esprit, & de ne le rencontrer presque jamais. On avoit déja quitté cette belle simplicité amie de la nature & de la raison, & compagne inséparable du don de plaire. Il n'étoit pas permis de se livrer à cette gayeté aimable que suivent les jeux & les ris. Il étoit de convention de ne point rire, de jouer beaucoup, de ne juger du mérite des gens que sur l'apparence de leur fortune, de n'accorder des égards qu'aux dignités, & rien aux qualités personnelles; & quoiqu'Aminte & Lisis se conformassent scrupuleusement à ces usages, ils ne laisserent pas de les blâmer comme contraires au bon sens.

Ce dîner auroit paru un siécle à deux Amans bien tendres; mais Lisis le trouva horriblement court. Il faut avouer, ditil, en se levant de table, que nous avons dîné bien précipitamment. C'est que vous avez un voyage à faire, répondit Aminte, d'assez bonne foi. Ensuite ils repas-

ferent dans le falon ; mais Lifis
avoit projetté en dînant de ne
point quitter Aminte mécontente de lui. Il prit un air plus gay ;
lui fit des queftions intéreffan-
tes, s'approcha d'elle, & fes yeux
lui annonçoient déja que fes
charmes faifoient impreffion fur
fes fens : mais quel retour ! Lifis cherche en vain le Plaifir, il
l'appelle, prend l'Amour pour
lui, le flatte & le careffe ; mais
l'Amour ne pouvoit rien pour
leur félicité. Tel eft l'ordre du
deftin: l'Amour ne peut pas prendre la place du Plaifir, quand
une fois celui-ci a habité fans lui

dans un cœur. Il ne lui étoit permis tout au plus que de blesser seulement ces deux Amans pour d'autres objets.

Lisis sentant l'impossibilité où il étoit de plaire à Aminte, la quitta un peu brusquement, en lui promettant de revenir la voir, sitôt que ses affaires seroient terminées. Elle le lui permit nonchalamment ; & il prit congé d'elle avec des respects qui firent sourire l'Amour. Il monta légerement dans sa Chaise , & dit à son postillon d'aller grand train; mais il est constant qu'au bout de l'avenue il ne songeoit deja plus à elle. L'Amour l'avoit fuivi de loin; & après l'avoir vû partir, il retourna vers Aminte à qui il donna toute fon attention.

Aminte parut d'abord un peu rêveufe ; enfuite elle prit fon parti fur le champ, & s'amufa à répéter un air noté à la mode, & très-difficile. C'étoit une de ces femmes dont l'éducation a été fort négligée du côté des mœurs; mais à qui on n'avoit rien épargné pour la rendre charmante par les graces & les talens. Son tempérament s'étoit trouvé d'accord avec les mauvais principes qu'elle avoit reçus ; elle étoit restée veuve, extrêmement riche, & dans l'âge où une femme ose à peine prétendre à une liberté bornée. Les exemples qu'elle avoit devant les yeux ne lui offrant que le Plaisir, elle l'avoit saisi toutes les fois qu'elle avoit crû le rencontrer. Comme elle n'avoit jamais connu l'Amour, elle s'étoit imaginé que le goût passager qu'elle avoit ressenti pour quelques figures aimables, étoit véritablement une passion ; & elle avoit été surprise plusieurs fois d'éprouver un vuide immense dans son ame, même dans les tems où les sentimens qu'elle prenoit pour de l'amour l'occupoient le plus. Née avec de l'esprit & de la raison, ces qualités si rares s'étoient dégradées en elles par le mauvais usage qu'elle en avoit fait. Elle donnoit dans tous les travers des femmes de son rang, & se livroit à tous ses penchans, que ses richesses multiplioient encore chaque jour. Enfin Aminte faisoit en même tems la femme la plus aimable, & la plus ridicule.

Il restoit à cette Dame un fils unique agé de sept ans. Elle songea d'abord à son éducation; c'est-à-dire qu'elle voulut choifir elle-même fon gouverneur, & fes maîtres. Elle étoit fort capable de faire un bon choix; & fix mois entiers furent employés à cette recherche. Les récompenfes qu'elle attachoit à l'éducation de fon fils, lui attirerent beaucoup de gens qui prétendoient aux connoiffances, & qui peut-être en avoient réellement. Mais une de fes amies lui parla de Damis, & le fit avec tant d'éloges qu'elle voulut le voir. Damis lui fut amené à quelques jours de-là; Aminte en demeura furprife. Il lui parut malgré la fimplicité de fon ajuftement d'une figure charmante, jeune, timide, & d'une douceur aimable. Le premier compliment qu'Aminte lui fit en entrant, lui cauſa du trouble & de l'embarras. Quoi, Monſieur, lui dit-elle, eſt-il poſſible qu'avec cet extérieur vous poſſédiez l'eſprit & les talens rares d'un Sçavant ? Madame, lui répondit modeſtement Damis, je n'ai rien qui me flatte plus que le deſir de vous être agréable, & de m'acquitter avec beaucoup de zéle de mes devoirs, ſi je ſuis aſſez heureux pour que vous acceptiez mes ſervices. Oui, Monſieur, je les acccpte avec plaifir, répliqua Aminte ; & je vous prie dès ce moment de regarder mon fils comme le vôtre. Si par hazard il a d'heureufes difpofitions, tant mieux pour vous ; il vous fera plus facile de les cultiver ; mais s'il n'eft pas né avec un beau naturel, tâchez au moins de pallier fes défauts par des connoiffances, & un fçavoir au-deffus du commun. Je crois qu'un homme vicieux ne peut faire oublier fes vices, qu'en fe rendant recommendable dans la fociété par les qualités de l'efprit. Car un homme vicieux & ignorant eft un monftre dans un état,

furtout

furtout quand fa naiffance & fon
rang le mettent à portée de faire
remarqner qu'il exifte. Permet-
tez-moi , Madame , reprit Damis de vous marquer mon ref-
pectueux étonnement. Vous venez de faire une réflexion qui
porte dans mon ame des
coups de lumiere que je ne de-
vrai qu'à vous ; je n'ofe ajouter
toute l'admiration que vous
m'infpirez.... Parlons d'autres
chofes, interrompit Aminte ; je
me réferve à vous faire mes re-
merciemens, Madame, dit-elle à
fon amie.

Depuis ce jour, Damis fut

D

censé de la maison d'Aminte ; on fit venir son fils à qui Damis adreſſa des queſtions à ſa portée. Cet enfant ſe prit tout d'un coup d'amitié pour lui , & en huit jours de tems , toutes choſes ſe trouvèrent arrangées.

Aminte laiſſoit ſouvent ſon monde à Paris , & ſe retiroit ordinairement à . . . . . où elle avoit une maiſon ſuperbe , la même où l'Amour la trouva avec Liſis & le Plaiſir. Il y avoit quelques ſemaines qu'elle avoit lié avec eux ; & de pluſieurs Amans qu'elle avoit eus ſucceſſivement depuis qu'elle y venoit , pas un

feul n'avoit touché fon cœur :
elle n'avoit point encore engagé
Damis à venir l'y voir , quoi
qu'elle connût fon mérite , & que
rien ne lui en fût échappé. Elle ne
pouvoit comprendre qu'un homme , qui n'étoit pas à la mode,
pût engager une femme de fon
rang dans une intrigue. Elle s'é-
toit imaginée qu'elle auroit à rougir d'une paſſion férieuſe pour
un homme d'un mérite fupé-
rieur , mais d'un état ignoré ; elle commençoit à revenir de cette idée , & à changer de fenti-
ment ; fuite de cette inconſtan-
ce que donne la belle éducation ,

D ij

& l'ufage du grand monde.

Lifis ne fut pas plutôt parti, qu'Aminte avoit cherché dans fon imagination ce qui pourroit la dédommager du départ d'un amant, qui quoique fuperficiel, n'avoit pas laiffé que de l'amufer. Elle fe reffouvint tout-à-coup de Damis ; cette penfée lui rendit en un moment toute fa belle humeur. Elle ordonna à un Valet-de-Chambre de monter à cheval, & d'aller à toute bride annoncer à Damis de partir avec fon fils pour fe rendre auprès d'elle. L'Amour, qui avoit examiné tous les mouvemens d'Aminte, crut que celui qu'elle venoit d'envoyer chercher étoit encore quelque Lifis, & fufpendit fa vangeance. Aminte feule avoit paru impatiente ; elle prenoit un livre, en lifoit quelques pages, puis le rejettoit fur fa table d'un air ennuyé. L'Amour l'entendit foupirer plufieurs fois : elle l'avoit même appellé auprès d'elle, & lui avoit adreffé les plus tendres plaintes fur l'indifférence qu'il fembloit avoir prife pour elle. L'Amour ne répondoit à fes reproches qu'en la flattant ; il commençoit à échauffer fon cœur d'une maniere imperceptible ; & il ne manquoit plus que la préfence de Damis pour engager l'Amour à l'enflammer entierement. Il arriva enfin : ce fut alors qu'Aminte éprouva pour la premiere fois ce doux frémiffement qui précede les grandes paffions.

Aminte s'etoit levée pour le recevoir , quoiqu'elle eût bien pû s'en difpenfer. Le compliment de Damis fut court, mais galant & fpirituel. L'Amour lui fourit , & Aminte le reçut avec des yeux animés par la joie la plus vive : elle embraffa fon fils ; & après quelques difcours vagues

qui ne fignifioient rien , elle ordonna à une de fes femmes de
l'emmener.

Reftée feule avec Damis &
l'Amour , elle prit fa place fur
une Ottomane. Damis avança
une chaife auprès d'elle , & lui
demanda avec timidité à quoi
elle avoit paffé fon tems depuis
qu'elle étoit à ....J'ai prefque
toujours dormi , lui répondit-el-
le : car je regarde comme un fo-
meil de ne penfer à rien ; & je ferois en vérité fort embarraffée s'il
falloit me rappeller depuis huit
jours une feule idée qui en valût
la peine. Ce que vous dites-là ,

Madame, reprit Damis, eſt bien
humiliant pour ceux qui ont eu
l'honneur de vous tenir compagnie. Vous avez raiſon, répliqua Aminte, & je vous avoüe
que j'ai rencontré peu de gens
depuis que je ſuis au monde en
état de ſuffire à des converſa-
tions ſuivies, & qui ayent aſſez
de reſſources dans l'eſprit pour
ſe paſſer du jeu, de la lecture,
ou des affaires des autres. Mais
continua-t'elle, en regardant
Damis, je crois que vous me
deviendrez néceſſaire, non-ſeu-
lement pour l'éducation de mon
fils, mais auſſi pour le genre de
vie

vie que je prétends menèr à l'a-
venir. Je m'ennuye de ne trouver que des hommes futiles, fans
principes & fans mœurs, qui
peut-être parviendroient enfin
à me rendre comme eux. Il y a
long-tems, Damis, ajouta-t'elle,
que je cherche le bonheur fans
le rencontrer. Pourriez - vous
m'aider à le trouyer ? Dans ce
moment l'Amour tira un trait
dont il frappa vivement Damis pour Aminte , & du même
coup il la bleffa elle-même pour
Damis. Madame, lui répondit
Damisen balbutiant, il eft permis
de croire que l'on n'eft pas bien

E

éveillé, quand on entend.....
Non, Damis, non, ce n'eſt point
un rêve, répliqua Aminte, mon-
trez-moi le chemin de la Philo-
ſophie, dites-moi ſi vous croyez
qu'il y ait une félicité durable,
& ce qu'il faut faire pour l'ob-
tenir. Aimez de tout votre pouvoir, répondit Damis attendri,
& vous ſentirez le bonheur. Ce
n'eſt point aſſez d'aimer, interrompit Aminte, il faut que je
trouve un Amant qui me ſoit
auſſi fortement attaché, & dont
le mérite ſoit aſſez grand pour
juſtifier les foibleſſes que j'aurois
pour lui.

Pendant ces derniers mots Damis avoit les yeux baissés, & paroissoit dans la consternation la plus profonde : Voilà, lui dit Aminte, une modestie qui vous sied à ravir. Pourquoi vous faites-vous un plaisir de me désespérer, Madame, reprit Damis ? ne connois-je pas assez la distance qu'il y a de vous à moi, sans m'imposer par vos plaisanteries un silence cruel ? Damis avoit les yeux remplis de larmes ; il se leva pour sortir du Salon ; mais l'Amour qui voyoit plus clair que lui, l'arrêta : Où voulez-vous aller, lui demanda Aminte ? Cacher mon trouble & ma douleur, répliqua Damis, en revenant doucement auprès d'elle. Pourquoi ce désespoir, lui demanda-t'elle encore? Ah Madame répondit Damis, vous avez trop d'esprit pour n'en pas pénétrer la cause : n'en doutez pas, si vous continuez à vouloir vous divertir de mes peines, je vous supplierai de me permettre de me retirer. Quoi, Damis, vous voudriez me quitter, lui demanda Aminte un peu allarmée? Aimeriez-vous mieux Madame, lui dit Damis, me voir expirer à vos yeux ......? Que je me voudrois de mal, dit Aminte, fi j'étois capable de vous causer le moindre chagrin! Non, Damis, mes questions sont d'accord avec les sentimens de mon cœur; c'est à vous à mériter par votre attachement & votre respect les bontés que j'ai pour vous. A ce mot de *respect*, l'Amour sourit encore.

Damis passa de l'excès de la douleur à celui de la joie. Il s'étoit mis à genoux vis-à-vis d'Aminte; il laissa aller sa tête sur un des carreaux de l'Ottomane, & se livra à ce silence délicieux dont tant de gens ont entendu parler, sans peut-être l'avoir jamais éprouvé.

Aminte jouiffoit pour la premiere fois de la victoire la plus complette ; fon amour propre triomphoit : elle faifoit pendant l'yvreffe de Damis comparaifon de la conduite que fes Amans avoient tenue avec elle , & de celle que Damis alloit prendre. Tout étoit neuf pour elle ; les réferves, l'attendriffement, le refpect, les larmes & le filence de Damis , tout étoit devenu l'objet de fes plus férieufes réflexions : fon état étoit fi doux, que pour cette fois elle oublia le plaifir qui l'avoit occupée jufqu'à ce jour pour ne fonger qu'aux douceurs que l'Amour lui procuroit. C'eft donc vous, dit-elle à Damis, en foulevant doucement fa tête, c'eft donc vous qui m'avez le premier fait fentir que j'avois une ame? Damis à ces tendres paroles leva les yeux, & les fixant fur Aminte; Que mon fort eft digne d'envie, lui dit-il! qu'il eft glorieux! Affeyez-vous, continua-t'elle, & raifonnons un peu. Dites - moi franchement qui vous êtes, quelles ont été vos liaifons; je verrai par vos réponfes ce que je pourrai faire pour votre fortune

& votre bonheur. Il eſt bien juſte que, ſi vous contribuez au mien, je travaille au vôtre. Ha que vous êtes cruelle, lui dit Damis, de vouloir par des détails qui n'ont rien d'intéreſſant troubler des momens ſi précieux pour moi? Ces momens ne ſeront pas perdus, lui répondit Aminte, & il eſt important pour vous que je n'ignore rien de ce qui vous regarde.

Madame, continua Damis, je ſuis né en Provence : mon pere étoit Gentilhomme, & ma mere eſt d'une des meilleures Maiſons du pays. Mon pere mourut il y a quelques années, & laiffa à ma mere quatre en- fans, & cent piftoles de reve- nu. Un oncle qui avoit pris foin de mon éducation, me fentant beaucoup de goût pour l'étude des Belles Lettres, me fournit les moyens de fuivre mon in- clination, & je m'y fuis livré entierement. J'ai un frere dont j'ai fait l'éducation, une fœur mariée décemment, & une autre qui eft une fille fort ai- mable, & qui demeure dans la Province avec ma mere. Mon intention n'étoit pas de faire des Eleves ; mais ayant en-

tendu parler de vous, Madame,
& de vos deſſeins ſur l'éducation
de Monſieur votre fils, je me ſuis
fait introduire chez vous. Voilà
ce que je puis vous dire par rap-
port à mes affaires : à l'égard de
mes liaiſons, j'ai cru devoir me
tenir en garde contre la paſſion
de l'amour ; les femmes ordinaires ſont trop mal élevées pour me
plaire ; & celles d'un certain
rang ſont trop fieres pour daigner
jetter les yeux ſur moi. Quoi,
lui demanda Aminte, vous avez
été juſqu'à ce jour ſans ſentir de
l'amour? Oui, Madame, répon-
pondit Damis. J'ai bien connu

ce qu'on appelle le Plaifir ; mais il m'a paru ne pas valoir la peine d'interrompre mes occupations pour m'y livrer. J'ai quelquefois rencontré ce qu'on nomme des bonnes fortunes, & j'en ai profité fans qu'elles affectaffent mon ame. Je fuis donc la premiere, interrompit Aminte, qui ait fait fur vous une vive impreffion? Oui, Madame, lui répondit Damis, vous êtes la feule à qui j'aye offert des hommages réels. Que votre efprit & vos charmes devroient vous en attirer, fi tout le monde étoit en état comme moi de connoître votre mérite !

Depuis quand m'aimez-vous, lui demanda encore Aminte? Madame, lui répondit Damis, je pourrois vous dire, depuis le premier moment que je vous ai vû : mais je ne me fuis apperçu de ma paffion , que du jour que vous eûtes la bonté de me faire avertir d'aller caufer au chevet de votre lit. Vous étiez indifpofée alors ; cependant je ne vous avois pas encore vûe fi belle ; le défordre qui regnoit autour de vous me fit entrevoir des charmes qui me parurent au-delà de toute expreffion. Cent fois je fus fur le point de vous dire que la

tête m'en tournoit ; mais le respect me retint. Cependant j'é-
prouvois une grande douceur à
être auprès de vous. Chaque mot
que vous prononciez, augmentoit
le trouble de mon ame. Que je
vous trouvois d'esprit ! & que
j'attachois de gloire à pouvoir
vous entretenir sans que vous en
marquassiez de l'ennui ! Chaque
fois que votre sourire me faisoit
appercevoir que j'avois dit quelque chose d'agréable , je sentois
un doux frémissement , qui ap-
prochoit du plus grand plaisir
que j'aye jamais goûté avec les
autres femmes. L'après-dîner s'é-

coula comme une minute, &
je m'arrachai d'auprès de vous
avec un regret.... ha quel regret!
il ne falloit pas moins qu'un ordre de votre part pour m'éloigner; & je crois que je serois
encoredans la même situation,
si je n'eusse suivi que les mou-
vemensde mon cœur.

Je ne fus pas plûtôt retiré
dans ma chambre, que Monsieur
votre fils vint m'y trouver. Je
lui devois tous mes soins; mais
un seul m'occupoit alors tout entier, celui de penser à vous. Cependant cet aimable enfant, que
j'avois devant les yeux, étoit le

vôtre : je pouvois, sans manquer au respect que je vous devois, l'accabler de caresses. Ce fut le parti que je pris. Je lui fis mille questions tendres, ausquelles il me répondit avec une naiveté si ravissante, qu'il fallut encore, pour m'arracher à cette douce occupation, qu'on vînt nous annoncer que l'on avoit servi. Je vous avois promis de venir lire auprès de vous après le souper. Vous sçavez, Madame, comment je m'en acquittai. Vous eûtes la bonté de me dire que je lisois très-mal, & que si je n'avois pas eu les yeux bien ouverts, vous auriez crû que le sommeil venoit me saisir : je vous embarquai ensuite dans une conversation qui vous fit oublier que je m'étois chargé de lire , & je ne me retirai que bien avant dans la nuit.

Mais , lui demanda Aminte, dans une pareille situation de cœur, auriez-vous pû prendre le parti du silence ? Oui , Madame , répondit Damis ; & si je vous eusse laissé entrevoir quelques marques de ma passion , ce n'eût été que par les soins surprenants que j'aurois donnés à l'éducation de Monsieur votre fils. Ma résolution étoit prise ; quand il

il auroit été au point où je le de-
firois, je vous aurois demandé
une heure d'entretien particu-
lier. Je vous aurois déclaré les
motifs qui m'avoient fait agir
avec tant de zéle; & fans attendre votre réponfe je me ferois
éloigné, non-feulement de Paris, mais encore de touté la Province. Voilà quelles étoient mes
intentions. Ah! Damis, s'écria
Aminte, que je me fçai bon gré
d'avoir rendu juftice à votre mérite, & qu'il eft flatteur pour
moi de contribuer à la félicité
d'un homme tel que vous!

—On peut juger à cette converfation de la différence qu'il y avoit entre Damis & Lifis. L'Amour, content de fes nouveaux fujets, lança tous fes feux dans leurs ames, & difparut pour aller chercher le Plaifir afin de le ramener près d'Aminte. Pendant ce tems Damis redoubla de foins, & la mit dans la difpofition de fouhaiter autant que lui la préfence de ce Dieu. Laiffons - les filer de fi belles amours, & revenons à mon fujet.

L'Amour avoit déja parcouru différens pays, quand il rencontra fon frere le Plaifir, qui lui demanda des nouvelles d'Aminte. L'Amour lui raconta tout ce qui s'étoit paſſé, & dont il avoit été le témoin. Ils ſe promirent bien de s'y retrouver enſemble : enſuite le Plaiſir quitta l'Amour & pourſuivit ſes avantures. Il grandiſſoit à vûe d'œil depuis qu'il étoit oiſif.

Un jour il apperçut deux jeunes filles, qui converſoient enſemble, en revenant d'un Temple. Toutes deux étoient jolies, vives & folâtres. Ah ! dit le Plaiſir en lui-même, je veux eſſayer d'habiter chez elles. A peine ſe fut-il préſenté, qu'elles le ſaiſirent avec avidité. Ha, ma ſœur, le bel enfant, dit la plus jeune! il faut l'amener au logis, il fera notre amusement. Le Plaisir se laisse conduire sans résistance; il sourit à l'une, embrasse l'autre. Enfin ils arriverent: ma Mere, dit l'aînée, voilà un enfant admirable que nous avons trouvé; la pitié nous a déterminées à lui donner azile & à avoir soin de lui, jusqu'à ce qu'on vienne le reclamer. A la bonne heure, répondit la mere, mettez-le coucher avec vous. Dès le même jour le Plaisir, qui avoit fait l'enfant jusqu'à ce moment, se fit connoître à elles pour ce qu'il

étoit réellement. Les deux sœurs
étoient toutes fieres de posséder
un Dieu dans leur appartement :
& elles se garderent bien d'enpar-
ler, dans la crainte que leurs com-
pagnes ne le leur dérobassent, si
elles en avoient connoissance.

Cependant, à la longue, le
Plaisir s'ennuya de ses Hôtesses,
& prit le parti de continuer son
chemin. Il arriva de nuit dans
la cabane d'un Berger; il con-
nut bien que l'on ne feroit pas
beaucoup de cas de lui chez
ces bonnes gens, qui n'en avoient
jamais entendu parler, & trop
délicat d'ailleurs pour s'accom-

der de leur façon de vivre, il quitta promptement cette habi-tion champêtre.

Il continua fa route, & arri-vant à la..... il s'imagina qu'il al-loit y fixer pour jamais fa demeu-re ; mais helas ! qu'il fe trom-poit! Au lieu d'y trouver les amu-femens qu'il efpéroit, il y man-qua périr d'ennui. Il y étoit tota-lement étranger ; on ne l'y con-noiffoit tout au plus que de nom. Tout le monde le cher-choit ; fouvent on l'examinoit de fort près avec des lor-gnettes d'Opéra. Chacun conve-noit qu'il étoit beau garçon , &

cependant on le laiſſoit paſſer
ſans lui faire aucun accueil. Ce
qui acheva de le déſeſpérer , fut
l'empreſſement que tout le monde marquoit pour un de ſes freres,
fils de Venus comme lui , mais
enfant déſavoué de ſa mere &
banni de Cythere. Ce frere étoit
le Libertinage. Il y avoit peu de
jeunes gens à la Cour qui n'en
euſſent fait un ami ; il ne pouvoit ſuffire aux parties continuel-
les qu'on lui propoſoit. Il vit le
Plaiſir ; mais il étoit ſi peu accoutumé de ſe rencontrer avec lui ,
qu'il ne le reconnut point. Le
Plaiſir ſe détermina enfin à quit-

ter un pays où il ne trouvoit aucune occupation : il revint à Paris pour y borner ses courses ; & à l'exception d'un voyage qu'il fit à la Terre d'Aminte, il s'y fixa pour quelque tems.

Nous avons laissé Aminte & l'aimable Damis, tous les deux pénétrés de l'amour le plus tendre. Damis ne pressa point son bonheur ; il vouloit laisser à la passion & aux desirs le tems de croître. Il y avoit déja trois mois que ces Amans vivoient à la campagne dans la plus intime confiance, quand un jour le Plaisir apparut à leurs yeux. Ils le saisirent

rent avec raviffement; il refta quelques jours avec eux, & ne les quitta qu'après leur avoir laiffé les inftruttions néceffaires pour faire durer leur bonheur.

Le Plaifir voltigea pendant quelque tems de maifons en maifons. Il parcourut tous les états, & trouvoit par tout des raifons pour s'en éloigner plus ou moins vîte. Chez les uns c'étoit la fotife qui le faifoit fuir. Chez d'autres c'étoit l'avarice, l'intérêt, la mauvaife foi & fur-tout le défaut de délicateffe. Souvent il fe rencontroit avec le Libertinage à qui il cédoit bientôt la place.

Enfin, il étoit prêt à retourner à Cythere, quand il fut arrêté par l'Amour.

La Volupté, fille de l'Opulence & du Goût, s'offrit à fes yeux dans une fête à laquelle ils avoient été invités. La voir & l'adorer ne fut pour le Plaifir que l'affaire d'un moment. Depuis ce jour il chercha la Volupté partout où il croyoit pouvoir la rencontrer. Son empreffement à lui plaire, fes charmes & fon pouvoir toucherent cette fille divine ; bien-tôt les mêmes fentimens les porterent à fe rechercher mutuellement. Ils en vinrent au point de ne fe quitter prefque plus. On ne pouvoit avoir l'un fans inviter l'autre.

On ne parloit plus dans l'O-limpe que de cette nouvelle union. La Volupté avoit da-bord réfolu d'éviter le Plaifir qu'elle trouvoit dangereux; elle étoit encore naïve & timide; mais bientôt, cédant à fon pen-chant & au charme fecret qui l'attachoit à lui, elle paya l'ar-deur de fon Amant par le plus tendre retour. Comblez mon bonheur, lui difoit l'impatient Plaifir; uniffons-nous par les nœuds les plus doux; que l'Hymen & l'Amour joignent à jamais nos ames. Un soupir de la Volupté servit d'aveu aux sentimens dont son cœur étoit pénétré.

Ces Amans passerent quelque tems dans les transports d'une passion naissante. Quelle félicité! Elle étoit trop grande, pour ne pas exciter l'envie : aussi les Dieux en devinrent-ils jaloux. Ils observoient du haut de l'Olimpe la conduite de ces Amants, & attentifs à procurer le bonheur de l'Univers, ils parlerent ainsi.

Les mortels sont trop vicieux

pour fixer auprès d'eux le Plaifir & la Volupté. Qui les dédom-
magera donc des peines qu'ils
fe donnent, fi le Plaifir les aban-
donne ? depuis que le Plaifir eft
amoureux, il ne fonge qu'à l'objet qui le captive, tous les autres lui font devenus indifférens ;
il les a perdus de vûe. Combien
de tendres Amans qui languif-
fent loin de fa préfence ! Combien de mortels fe livrent au
chagrin, parce qu'ils fe voyent
privés de fon fecours ! Combien
de Philofophes, que rien ne dé-
dommage plus de l'auftérité de
leurs travaux ! Que d'innocen-

tés filles fe confument dans l'im-
patience de le revoir ! Que de
jolies femmes voyent éclipfer
leur beauté par la douleur d'en
être abandonnées ! Il faut, fi vous
m'en croyez, prendre des
moyens efficaces pour remédier
à un fi grand malheur.

Le Confeil des Dieux fe trouvoit fort embarraffé : l'Amour
prit la parole & ouvrit fon avis
en ces termes : Mon empire eft
détruit ; le Plaifir eft le feul
Dieu qu'on revere aujourd'hni ;
mon frere l'Himen n'eft pas plus
fêté que moi : il ne paroît plus
qu'à la cérémonie ; & fi-tôt que

les Epoux ont fait vœux de s'aimer toujours, il ne fait plus que languir. Que l'Himen donc unisse ensemble le Plaisir & la Volupté ; vous les verrez bientôt ne plus se plaire, & mécontens l'un de l'autre chercher dans la dissipation de quoi exercer leur inconstance ; ils reviendront d'eux-mêmes à leurs premieres occupations.

Les Dieux applaudirent à cet avis, & d'une voix unanime il il fut arrêté que ces Amans seroient Epoux pour les séparer de leur consentement. Les nôces devoient se célébrer dans l'O-

limpe; & l'Amour fut député
de la part des Dieux vers la Volupté pour lui annoncer l'ordre
du deſtin.

La Volupté frémit en appre-
nant cette nouvelle. Quoi, dit-
elle en pleurant, les Dieux veu-
lent m'enlever mon Amant ! &
par quelle raiſon prétendent-ils
me priver de mon bonheur ? Ah !
cruel Amour, c'eſt toi qui vient
troubler ma félicité : ſans toi,
ſans ta funeſte jalouſie, les Dieux
m'auroient laiſſée jouir en paix
des douceurs d'une paſſion divine : j'aurois filé mes jours dans
les bras du Plaiſir ; mais je le

vois, ton fatal conseil ne tardera pas à nous désunir.

L'Amour à ce reproche fit un sourire malin; la Volupté alla trouver le Plaisir, & lui annonça d'un air triste que les Dieux avoient ordonné leur hymen. D'où vous viennent ces allarmes cruelles, lui dit le Plaisir? votre ame me paroît troublée: une nuance de douleur obscurcit vos beaux yeux! Craindriez-vous d'être unie à votre Amant par des nœuds indissolubles? La Volupté, pour toute réponse, le regarda tendrement, & jetta un soupir profond. Le Plaisir,

plus ardent & moins délicat, la
pressa de combler son bonheur
par un aveu charmant. Il ne la
quitta plus. Les desirs formoient
autour de lui une Cour brillan-
te. La Volupté étoit accompa-
pagnée des Graces qui l'envi-
ronnent toujours. Nos Amans
arriverent dans ce pompeux appareil au Temple de l'Hymen.
La cérémonie fut célébrée ; l'A-
mour présida à la fête , resta
trois jours avec les Epoux, & dis-
parut ensuite.

Le Plaisir étoit d'un caractere
trop impétueux, sa passion ne
pouvoit pas durer longtems. Dès

qu'il se vit contraint, l'ennui le
gagna : les devoirs d'un Epoux
ne lui convenoient pas; il s'ac-
coutuma à la possession d'un bien
si précieux; & l'habitude le lui
rendit bientôt insipide. Ce n'est
pas que la Volupté parût moins
belle à ses yeux; mais elle n'é-
toit plus si picquante. Il ne craignoit plus de la perdre; depuis
qu'elle étoit devenue son bien,
il sçavoit qu'il la retrouveroit
toujours. La Volupté s'apperçut
des changemens qui se passoient
dans le cœur de son Epoux, la
premiere fois par deux baille-
lemens qu'il fit de suite auprès

d'elle, & une autre fois par une diftraction très-déplacée, puifqu'elle arriva dans un inftant, où pour l'ordinaire le Plaifir eft fort occupé. Enfuite il fit de mauvaifes connoiffances, & s'affocia avec le Libertinage, les Excès & le Dégoût. La Volupté, qui ne pouvoit fouffrir ces objets, gémiffoit des déréglemens de fon Epoux. Elle lui fit dabord de tendres reproches : le Plaifir revenoit à elle pour quelques inftans ; mais bientôt, entraîné par le Libertinage, il abandonna la Volupté pour fuivre fon penchant. Elle en étoit tombée dans une mélancolie noire qui luî foit che r cher la folitude. Elle quitta toutes fes amies, & ne vécut plus qu'avec les Graces, qui étoient devenues auffi rares qu'elle. Il y en eut une cependant qui fe hafarda de lui donner un Confeil. Vous aimez, lui dit-elle, un inconftant, un volage qui vous néglige, qui vous quitte, & qui s'eft uni intimement au Vice votre ennemi. Croyez-moi, montrez à votre Epoux tout le mépris qu'il vous infpire; peut-être que l'amour - propre le raménera auprès de vous. Si cet expédient ne produit aucun effer, il n'y a plus de reméde. Un cœur infenfible au mépris des autres, le devient à tout. Il vous refte une derniere reſſource; c'eſt de vous plaindre à Vénus des déportemens de fon fils, & d'exiger d'elle qu'elle l'en puniſſe. Ah! dit la Volupté, que me conſeillez-vous! le Plaiſir, tout infidéle qu'il eſt, m'eſt cher encore; pourrai-je jamais me réſoudre à lui montrer des dedains, quand je ne fens pour lui que des defirs? Lui ferai-je voir de l'indifférence, quand je brûle de la paſſion la plus ardente? Pourrai-je m'en plaindre à fa mere fans m'exposer à le perdre pour jamais ? Me pardonnera-t'il mes rigueurs ? Eſt-ce par la ſévérité qu'on peut rappeller le Plaiſir ? Non, eſſayons plûtôt encore par des careſſes vives, par des empreſſemens redoublés à le ramener dans mes chaînes : enſuite appellant les Graces, elle leur ordonna de la parer de tous leurs charmes.

Jamais la Volupté ne fut ſi ſéduiſante. Le Plaiſir de retour en fut enchanté. Deux jours lui ſuffirent à peine pour lui prouver tout l'effet que produiſoient ſur lui ſes attraits éclattans. Mais

cette ardeur fe ralentit bientôt:
le Plaifir redevint indolent; enfuite il alla retrouver fes indignes
amis, & recommença à mener la
même conduite.

La Volupté, défefpérant de ramener jamais fon infidéle Epoux,
outrée de douleur, prit enfin la ré-
folution de fe plaindre à Venus.
Elle part pour Cythere, arrive,
& allant trouver la Déeffe, elle
lui tint ce difcours: Mere des
Jeux & des Ris, Divinité puif-
fante, ayes pitié de ta fille affli-
gée. J'adorois ton fils, je faifois
mon bonheur de lui plaire, je
croyois que fes feux dureroient
toujours:

toujours : mais depuis le moment que le Conseil des Dieux ordonna que je fusse unie au Plaisir par les nœuds de l'himen, j'ai vû cet Epoux perfide me quitter sans regrets. Je languis loin de lui, bien loin d'être sensible à mes tendres reproches, il me fuit & court chercher ses détestables sociétés. Ton fils n'est plus ce Plaisir aimable qui faisoit ma félicité : c'est un forcené qui ne cesse d'attirer de nouveaux sujets au Libertinage. Il ruine son empire pour grossir celui de son indigne frere. Je le cherche vainement ; il se montre

H

quelquefois ; mais bientôt il m'é-
chappe , pour ne plus revenir.
Ah! Venus , punis mon infidéle
Epoux , je t'en conjure. Imagi-
ne quelque supplice qui puisse
égaler sa noirceur.

Venus, touchée de la tristesse
d'une fille si chere , la consola
de son mieux; & lui ayant fait
rendre à sa Cour tous les
honneurs qu'elle méritoit ,
elle lui promit qu'elle puni-
roit le Plaisir d'une maniere
proportionnée à son crime , &
qu'il seroit parlé à jamais de sa
vangeance.

L'Amour , qui n'avoit pas

de grandes occupations, étoit retourné depuis long-tems auprès de fa mere : c'étoit lui qui avoit été caufe des chagrins de la Volupté ; il entreprit de la confoler & d'adoucir fes peines par divers amufemens. Si la Volupté y prit part, ce fut avec des diftractions qui firent croire que les fêtes bruyantes n'étoient point de fon goût. On lui donna des confeils. Il y avoit à Cythere de jeunes adolefcents qui ne demandoient pas mieux que de diffiper fa douleur & faire diverfion à fa mélancolie.

Elle fe trouvoit dans une Cour

trop galante pour ne pas profi-
ter des exemples qu'elle y voyoit.
Plusieurs fois on s'apperçut que
ses couleurs reprenoient leur vivacité. Ses yeux, qui pour l'ordinaire étoient languissans, deve-
noient d'une folie surprenante :
& cela n'étoit jamais si remar-
quable, que quand elle sortoit
d'un tête - à - tête. Cependant,
au milieu de tant d'amusemens,
le volage Plaisir revenoit quelquefois se présenter à son imagination. Il est seul, disoit-elle à
sa confidente, il est unique : tout
perfide qu'il est, puis-je me dis-
simuler qu'il possède les plus

grands avantages. Qu'il eſt vif !
Qu'il eſt touchant ! Que de graces ! Que de charmes ! Cette forte
ſimpathie qui m'attache à lui ,
je ne la retrouverai jamais pour
un autre. Il n'eſt qu'un ſeul objet
pour moi , & cet objet me fuit.
Quel ſort ! Cependant il m'aimoit : ſa paſſion étoit violente.
Peut-être lui reſte - t'il encore
dans le fond de ſon ame un pen-
chant ſecret pour moi malgré ſa
legéreté. Ah ! cruel Hymen, c'eſt
toi qui m'a fait perdre le cœur de
mon Amant.

C'eſt ainſi que la Volupté
exhaltoit ſon mortel chagrin. Ja-

mais ſes beaux yeux n'avoient verſé de larmes que celles que l'excès de ſa joie lui faiſoit répandre dans les bras du Plaiſir. Mais celles qui en couloient alors étoient ameres, elles laiſſoient ſur ſon viſage divin des traces profondes de douleur. Ses charmes en perdoient de leur éclat. Enfin elle ſe détermina à partir de Cythere, pour aller vivre dans la ſolitude, juſqu'au tems où le Plaiſir reviendroit auprès d'elle amoureux & répentant. Avant que de quitter cette Iſle, elle voulut conſulter l'Oracle ſur ce qu'il lui reſtoit à eſpérer. Elle se rendit secrétement au Temple de Venus ; mais elle ne put être longtems ignorée. Les Prêtres de l'Amour lui rendirent tous les honneurs qui lui étoient dûs : & après avoir consulté le Dieu qu'on y adoroit, ils lui firent entendre cet Oracle.

« Retourne à . . . tu y trouve-
« ras deux Amans, qui rassemble-
« ront par leur mérite & leur ten-
« dresse le Plaisir & l'Amour ;
« alors ton Epoux te sera fidéle.

La Volupté soupira, & croyant qu'il étoit impossible de rencontrer deux mortels assez aimables pour fixer le Plaisir, elle s'imagina que cet Oracle étoit encore une malice de l'Amour. Elle s'en revint triste & ayant pris congé de Venus & querellé l'Amour des tours qu'il ne se lassoit point de lui jouer, elle reprit le chemin de Paris.

Arrivée dans cette Ville, où elle tenoit sa Cour, elle attendit quelque tems l'effet des promesses de Venus. Le Plaisir ne paroissoit point. Enfin, lassée de l'attendre inutilement, elle partit pour.... solitude charmante qui lui appartenoit. Tout la respiroit dans ce séjour enchanté,

la

situation, les Jardins, le Palais, les meubles, tout enfin : on y voyoit cette noble simplicité si propre à l'Amour, des peintures délicieuses, des glaces qui ne répétoient que des objets agréables, des vases prétieux, des meubles voluptueux, des lits de jasmin & de roses. On y respiroit un air pur & serein ; mille oiseaux mélodieux y portoient à la tendresse ; des Grottes, des Bosquets obscurs, des Cascades, tout retraçoit le Plaisir absent, tout le desiroit ; la Volupté trouvoit à chaque pas dans cette demeure charmante l'image d'un Epoux qui lui étoit si

I

cher. C'eſt pourquoi elle s'y plai-
ſoit uniquement.

A peine la Volupté étoit-elle
partie de Cythere, que Venus ſe
ſouvenant des promeſſes qu'elle
lui avoit faites, rappella le Plaiſir à ſa Cour. Il arrive & ſe pré-
ſente devant ſa mere avec des
airs ſinguliers, des façons étu-
diées & un langage ſi pitoyable,
que Venus en fut ſurpriſe. Quoi,
mon fils, lui dit-elle, eſt-ce ainſi
que le Plaiſir eſt affecté? Où ſont
ces graces ſimples & naïves qui
vous accompagnoient jadis?
Qu'eſt devenu ce langage tendre
& naturel, cette expreſſion touchante que vous aviez reçue de

moi ? Ah ! fils ingrat , quels gens avez-vous fréquentés ? Alors Vénus irritée fit trembler tout Cythere , & , d'un ton de voix terrible , elle dit au Plaisir de sortir du Temple & d'aller attendre ses ordres.

Le Plaisir mortifié , comme un fat, à qui l'on a fait un affront , sortit , & tout confus , alla hors du Palais , attendre que sa mere daignât lui dicter ses volontés.

L'Amour n'avoit jamais vû Venus dans une si grande colere. Qu'ordonnerai-je , lui dit-elle, à un fils si peu digne de moi ? Je ne connois point de châtiment

aſſez fort pour le punir de ſes déportemens. Vous pouvez, lui répondit l'Amour, punir le Plaiſir
par des endroits ſenſibles. Com-
mandez-lui, par exemple, d'aller habiter pendant quelque tems
chez de vieux libertins, chez des
coquettes ſurannées. Vous avez
raiſon, dit Venus; qu'il revienne,
afin que je lui prononce ſon Arrêt.

Le Plaiſir parut avec une con-
tenance ſoumiſe & craintive.
Venez, lui dit Venus; écoutez
bien ce que je vais vous com-
mander, & exécutez mes ordres ſans délai. Depuis long-tems
je différe de vous punir de votre

mauvaife conduite. Mais ma patience eft à bout : il n'y a qu'un feul moyen de fléchir ma colere. Demain, fitôt que l'aurore annoncera le Soleil, partez pour Paris ; vous y trouverez de vieilles coquettes & de vieux libertins ; vous habiterez chez eux jufqu'à ce que je vous rappelle. Telle eft ma volonté. A ces mots le Plaifir fe jetta à fes pieds ; quoi, ma mere, lui dit-il humblement, vous avez donc juré ma perte ? Rien ne peut - il vous adoucir & changer votre arrêt ; je me foumettrai à tout. Partez, lui répliqua Venus ; je fuis inexorable ; votre obéiffance seule peut abreger votre supplice. Le Plaisir obéit en gémissant; & Venus eut soin de lui donner avant qu'il partît une liste des personnes qu'il devoit servir les unes après les autres.

La premiere, à qui il rendit visite, fut la vieille Dorise. Il y avoit un an qu'elle retenoit auprès d'elle un jeune Officier. Ses bienfaits n'empêchoient pas qu'il ne regardât Dorise comme la plus cruelle de ses ennemis. Forcé de chercher à tous momens les moyens de lui plaire, il n'étoit pas toujours sûr de les rencontrer. Dorise alors l'accabloit de reproches, & cet infor-

tuné ne trouvoit de dédomma-
fement à fon ennui que dans un
jeu exceffif où il cherchoit à s'é-
tourdir fur la trifte néceffité de
dépendre de Dorife. Le Plaifir
parut fort à propos pour tous les
deux : mais il s'y trouva fi mal,
il y reftoit fi fort à regret qu'il
trouva bientôt le moyen de
s'échapper pour aller chez Artemire, la plus vieille, la plus
horrible & la plus dégoûtante de
toutes les coquettes.

Artemire cherchoit depuis
long-tems le Plaifir, & ne faifoit
pas beaucoup de chemin pour le
trouver ; elle ne fortoit jamais
de fa maison. Tout ce qui l'ap-

prochoit étoit bien fait. Elle aimoit les belles figures & n'épargnoit rien pour s'en procurer. Le Plaisir fut condamné à passer quelques jours auprès d'elle; mais on lui donna tant d'exercice qu'il y pensa succomber. De-là il passa chez Dorimon.

Dorimon étoit un de ces vieux favoris de la fortune dont l'âge & l'habitude de la débauche avoit émoussé tous les sens. Le Plaisir avoit eu ordre de Venus de tâcher de ranimer cet être presque anéanti. Quelle corvée ! Aussi rien ne lui parut si douloureux que le tems qu'il passa auprès de lui; encore s'il lui eût été permis de reconduire les jeunes & jolies créatures qui venoient chez Dorimon pour lui tenir compagnie, il eût pris son mal en patience : mais il lui étoit expreſſément défendu de quitter un moment ceux qu'il avoit une fois entrepris.

En ſortant de chez Dorimon, le Plaiſir entra au ſervice de Lucie. Le rang de cette Dame ſembloit lui promettre un ſéjour plus décent ; mais ce fut préciſément où il ſe trouva le plus mal. Lucie avoit fait entendre ſes volontés à Alceſte, jeune homme de diſtinction, qui n'oſa pas rejetter cette bonne fortune, dans la crainte qu'un pareil refus ne lui attirât un fort plus fâcheux. Dans le même tems il étoit pasfionément amoureux d'une jeune & belle perfonne, qu'il fut contraint de facrifier aux jaloufies de Lucie. Alcefte avoit vainement appellé le Plaifir à fon fecours. Il avoit été fourd à fa voix jufqu'à ce moment : enfin il arriva, mais fi fatigué, fi exténué, qu'à peine le reconnut-il. Le Plaifir, voyant qu'Alcefte en avoit pour la vie dans ce pénible efclavage, prit le parti de s'éloigner.

Le Plaifir, plus trifte que jamais, courut chez la vieille Araminte, qui manqua le faire périr

par le long & pénible exercice
qu'elle lui donna : enfuite il vint
habiter chez la refpectable Ifme-
ne, mais il n'y rencontra que des
figures graves & mortifiées, qui
l'effrayerent fi fort, qu'il changea bientôt de logis, & s'enfuit
chez la prude Philis. Son extrê-
me propreté lui fit fupporter ce
féjour un peu plus patiemment.
Cependant fa laideur étoit ré-
voltante, & tout l'art qu'elle em-
ployoit pour retenir le Plaifir ne
l'empêcha point de s'échapper.

De-là il paffa chez Erafte, qui
a trente ans, en étoit réduite à
chercher dans une paffion tendre de quoi fe confoler de fon

insuffisance. le Plaisir fut étonné des ressources d'Eraste ; sa délicaresse le fit rougir ; il sentit que sans la Volupté il seroit déplacé auprès de lui : ainsi la honte lui fit abandonner un séjour qui lui reprochoit sans cesse ses désordres.

Il fut ensuite chez Dorimene: sa réputation de bel esprit l'avoit mise en crédit ; mais ses ressources épouvanterent le Plaisir. Elle ne recevoit chez elle que de vieux Auteurs, dont tout le feu avoit quitté les autres parties du corps pour se retrancher au cerveau comme dans sa derniere demeure. Quel emploi pour le Plaifir, de ranimer ces êtres prefque éteints! il lui en coûta toutes fes forces. Venus ne vouloit point la ruine entiere du Plaifir ; elle ne cherchoit qu'à le corriger. Elle ne fçut pas plûtôt la fâcheufe extrémité où il étoit réduit, qu'elle lui envoya dire de revenir dans fa Cour. Les Zephirs & l'illufion lui porterent la nouvelle de fon rappel, ou plûtôt ils le rapporterent eux-mêmes. Il étoit fi changé, que Venus eut peine à le reconnoître. Il reffembloit à une ombre. Son embonpoint avoit difparu ; fa couleur paroiffoit d'un verd naiffant. Ses yeux autrefois fi vifs, n'avoient plus de feu: prefque

toutes les plumes de ses aîles
étoient arrachées. Enfin le Plaisir étoit devenu un très-vilain
Plaisir. Venus ne voulut pas le
laisser retourner en cet état auprès de Volupté. Elle lui fit
une severe reprimande sur ses
égaremens passés, & manda Es-
culape pour lui rendre sa premiere santé.

Le Plaisir ne se vit pas plûtôt rétabli dans son premier
éclat, qu'il pria l'Amour de ne
plus le perdre de vûe, de peur
qu'il ne retombât dans ses an-
ciennes habitudes. L'Amour y
consentit bien volontiers : il
avoit pris depuis long-tems sous

fa protection deux Amans dont il
avoit réfolu de faire le bonheur;
& il ne pouvoit rien pour eux fans
l'aide du Plaifir. D'ailleurs l'o-
racle qu'il avoit fait rendre à Cythere, touchant le fort de la Volupté, lui revenoit fans ceffe dans
l'efprit. Il crut ne pouvoir mieux
choifir que ces Amans pour re-
concilier & réunir à jamais le
Plaifir & la Volupté. L'Amour
fit connoître à fa mere quel étoit
fon deffein ; & Venus applaudit
aux projets de fon fils.

En effet, l'Amour & le Plaifir
partirent enfemble de Cythere
pour fe rendre à ..... ils y trou-
verent Eglé, occupée à écrire

une Lettre tendre. Quelle étoit touchante en effet ! les fentimens les plus délicats y étoient exprimés : ce n'étoit point l'efprit qui parloit, quoique Eglé en eût beaucoup : mais la tendreffe qu'elle avoit pour fon Amant la dominoit entiérement. Quel Amant auffi ! Qu'il étoit bien digne d'elle ! Pour faire comprendre combien il étoit aimable, je vais en tracer le portrait.

Théagene avoit paffé cet âge fi contraire à l'Amour & fi favorable aux paffions voluptueufes : il étoit dans celui où l'on peut raifonner fes penchans, & connoître le prix du mérite. Sa

taille

taille étoit haute & majestueuse ;
sa phisionomie faite pour plaire,
& ses traits étoient charmans.
Avec ces agrémens extérieurs,
rien ne manquoit à son mérite
pour le rendre éclatant. Un esprit pénétrant, vif & délicat,
une ame ferme, beaucoup de
grandeur & de générosité, le caractere solide, de la douceur
dans le ton ; voilà quel étoit
Théagene, quand l'Amour se
détermina à faire son bonheur.

Eglé, l'objet de tous les vœux
de Théagene, étoit en femme
ce qu'il étoit en homme ; beauté
de figure, graces, esprit, talens,

K

bonté de caractere, grandeur d'a-
me, vivacité, enjouement; la Nature n'avoit rien oublié pour en
faire un prodige. Elle avoit vécu ignorée jusqu'au moment
où elle avoit connu Theagene.
Il en avoit été frappé ; & le mérite d'Églé lui valut le cœur &
les soins empressés de Théagene.

Ces deux Amans s'aimoient
de si bonne foi, que l'Amour fut
touché d'une passion si belle.
La vertu d'Eglé avoit combattu
long-tems contre les transports
de son Amant ; & elle ne céda
à sa tendresse que quand l'A-

mour eut amené le Plaisir avec
lui. Le moyen de pouvoir résister
à sa présence! A son aspect un
feu subtil se glissa dans l'ame
d'Eglé. Elle quitta sa Lettre
pour se livrer au Plaisir. Elle
étoit dans cette douce rêverie,
quand Théagene arriva : un
mouvement aussi tendre que vif
la fit voler dans les bras de son
Amant; une rougeur aimable se
répandit sur son teint. Que Théagene la trouva belle! & qu'elle
l'étoit en effet! Ah que j'ai souf-
fert de votre absence! lui dit
Eglé. Quoi, deux jours sans vous
voir! quelle éternité! Je ne les

ai pas paſſé plus tranquillement
que vous, repliqua Théagene !
Ah ! charmante Eglé, que ne
puis-je vivre uniquement pour
vous ! mais vous ſçavez qu'il ne
dépend pas de moi de paſſer ma
vie à vos pieds. Quelle félicité
pour moi, ſi j'étois le maître de
diſpoſer d'un tems qui m'eſt devenu ſi précieux depuis que je
vous aime ! Que je verrois
avec raviſſement que c'eſt vous
qui faites ma deſtinée !

Cette converſation conduiſit
inſenſiblement Eglé ſur ſa du-
cheſſe. Théagene, animé par la
préſence de deux Divinités, dont

tout le pouvoit agiſſoit ſur ſes ſens, preſſa ſon bonheur. Eglé, la tendre & ſenſible Eglé oublia la vertu, & céda à ſon Amant, dont les qualités ſuffiſoient pour la juſtifier dans l'eſprit de ceux dont les ames ne ſont ſenſibles qu'au mérite, & qui ont éprouvé des paſſions ſemblables à celle qui les animoit.

Il y avoit deux heures que ces heureux Amans goûtoient leur félicité, quand l'Amour crût qu'il étoit tems d'aller chercher la Volupté. Ces Amans avoient été trop occupés de la préſence du Plaiſir pour ſonger aux fineſses & à toute la délicatesse qui accompagnent la Volupté. Ils commencoient à la desirer, quand elle parut à leurs yeux. Quels momens pour Théagene & pour Eglé! Quelle joie pour la Volupté de retrouver en bonne compagnie un Epoux, un Amant si tendrement aimé! Elle se précipita dans les bras du Plaisir, qui, saisi d'un mouvement aussi délicieux, répondit aux transports de la Volupté par toutes les marques du plus ardent amour. Le Plaisir revit la Volupté avec toutes les graces qu'elle avoit avant qu'il devint son Epoux.

Une longue abſence & les femmes mauſſades qu'il avoit vûes
lui rendirent ſon Epouſe charmante. L'Amour qui vouloit, ré-
parer leurs malheurs, les em-
braſa de nouveaux feux, & ac-
complit ſon Oracle. Nuls reproches, aucuns éclairciſſemens ne
vinrent troubler des inſtans ſi
doux; ce ne furent que ſoupirs
tendres, que louanges flatteu-
ſes, que careſſes délicates, que
ſentimens voluptueux, que tranſ-
ports, que ſoins aſſidus, que fi-
neſſes d'expreſſion, qu'attendriſ-
ſemens ſoutenus, qu'égaremens,
qu'yvreſſe, que douces fureurs.

Enfin, l'Amour, après avoir épui-
sé tous ses traits sur Théagene
& sur Eglé, & fixé pour jamais
le Plaisir & la Volupté auprès
d'eux, leur laissa son pouvoir &
s'en alla voltiger & faire ailleurs
de ses malices ordinaires. Trop
heureux qui peut saisir au moins
une de ces Divinités ! Combien
de gens ne les ont jamais con-
nues, & ne s'en croyent pas
pas plus malheureux pour cela !
ont-ils vécu comme des hommes ? c'est ce que je n'ose croire.

FIN.